MOISE
MEIN FREUND

Herausgegeben
von Alfred Fogarassy

Verlag für moderne Kunst

MOISE MEIN FREUND

DANK FÜR DAS BUCH

Die Gründung von ELIJAH kam aus der Freundschaft. Von Anfang an ist uns Alfred Fogarassy, unser Freund „Ali", zur Seite gestanden, wenn wir gegen die Not der Kinder und Familien kämpfen. Wir danken der Fogarassy Privatstiftung für die Finanzierung des Buches.

Nora Schoeller und Ruth Zenkert haben das Buch gestaltet. Sie hatten die Einfühlsamkeit, ein Kind der Straße zum Zeichnen zu bringen. Sie haben aus Moise tiefe Worte herausgeholt und aus seinen Bildern Kunst gemacht.

Christof Nardin und Michael Mayr ist das grafische Konzept gelungen. Ihre Arbeit macht die Liebe aller Mitwirkenden sichtbar.

Seit Beginn begleitet Brigitte Hilzensauer das Werk ELIJAH in allen Anliegen, die wir zur Sprache bringen. Sie hat die Texte lektoriert.

Ioan Robu, der emeritierte Erzbischof von Bukarest, tritt mit mutiger Stellungnahme an die Seite der Straßenkinder und der Roma-Bevölkerung in Europa.

Das Sozialwerk ELIJAH trägt den Namen eines Propheten, der mit Feuer für Gerechtigkeit kämpft. Wer könnte heute feuriger als Moise die Botschaft der Straßenkinder in die Welt hinaustragen, mit Farben, Gesichtern – und dem eigenen Blut?

Freundinnen und Freunde vom Bahnhof in Bukarest haben uns in die Roma-Siedlungen Siebenbürgens geführt. Das war vor zwölf Jahren, Moise war dabei. Für viele Kinder, Jugendliche und Familien in Not haben wir Häuser gebaut. Miteinander haben wir Sozialzentren, Musikschulen und Wohnheime für Schülerinnen und Schüler gegründet.

Prophetische Sozialarbeit: Davon erzählt Moise, der einmal den Namen „König der Straßenkinder" bekam. Die königliche Würde konnte ihm niemand und nichts nehmen, aber auch nicht die brennenden Wunden der Straße.

Pater Georg Sporschill SJ
Marpod, im Herbst 2024

MOISE
MEIN FREUND

„Sunt un tănar bagabond, bagabond, și trăiesc dintre amoruri, amoruri ...", singt Moise. Ich bin ein junger Bagabund, Bagabund, und ich lebe zwischen den Geliebten. Weil er das Hauptwort nicht versteht, ist aus dem Vagabunden eben ein Bagabund geworden.

Der kleine Bagabund war zehn Jahre alt und lebte am Bahnhof in Bukarest, unter Tausenden Kindern, die nach dem Fall des Eisernen Vorhangs aus den Kinderheimen Ceaușescus weggelaufen waren. Wie alle anderen rauchte Moise, schnüffelte Aurolack und schlug sich durch mit Betteln und Stehlen. Alles war besser als die Hölle im Kinderheim.

Unzählige Straßenkinder empfingen uns am Bahnhof, als wir 1991 eintrafen. Es war kalt, sie hatten Hunger, suchten Ruhe und Liebe. Moise stach als ihr Sprecher aus der großen Schar heraus, mit Geschick forderte er, was sie brauchten: Decken, Kleider, Essen. Er zog in unser erstes Kinderheim ein und bald auch wieder aus. Es war ihm zu eng, er war die Freiheit der Straße gewohnt und wollte sich keine Regeln aufzwingen lassen. Wieder am Bahnhof, war er der König der Straßenkinder. Moise schickte die Kleinen zu uns. Er sorgte tatsächlich zuerst für die anderen, allerdings vergaß er auch nicht den „Bonus" für sich.

Mit vierzehn Jahren wollte er dann doch wieder in ein Haus aufgenommen werden. Wir hatten Werkstätten eingerichtet, um den Jugendlichen Beschäftigung und eine Berufsausbildung zu bieten. Moise meldete sich für die Schlosserei. Stolz trug er die große Schutzbrille zum Schweißen, zur Arbeit allerdings fühlte er sich weniger berufen. Das machten die anderen – ohne Schutzbrille. Lange hielt er nicht durch, er wechselte von einer Werkstätte in die andere. Und verlieh sich selbst die Diplome. Dann suchte er eine Stelle. Ohne abgeschlossene Ausbildung war das nicht leicht. Schließlich fand er Arbeit als Nachtwächter. Als er aber friedlich schlummernd in einer Ecke erwischt wurde, war es damit vorbei.

Viele Freunde, die mit ihm auf der Straße waren, hatten längst Schule und Berufsausbildung abgeschlossen, sie arbeiteten und gründeten eine Familie. Moise hingegen pendelte nach wie vor zwischen Bahnhof und Sozialzentrum. Für uns war er eine Brücke zwischen den Welten. Wenn wir Gäste hatten, zog er sie zur Seite und brach in Tränen aus. Seine Mutter sei gestorben, er wolle zum Begräbnis gehen und eine Rose auf ihr Grab legen. Das Ticket für den Zug sei aber teuer. Er würde ja ohne Ticket fahren, brauche aber das Geld für eine einzige Rose, das sei er der Mutter schuldig, obwohl sie ihn nach der Geburt ins Kinderheim gegeben habe. So erweichte er jedes Herz. Ich bemerkte den erfolgreichen Trick erst, wenn er die Freundinnen und Freunde im Zentrum mit Zigaretten und Chips versorgte. „Oh, ist deine Mutter wieder einmal gestorben?!", schimpfte ich dann machtlos. Unsere Freundschaft hielt alles aus.

Irgendwann begann Moise nach seiner Familie zu suchen. Den Namen des Dorfes, aus dem er kam, kannte er; dort musste er hinfahren, um seine Geburtsurkunde zu beschaffen. Er lernte ein paar seiner Geschwister kennen – und erfuhr die wahre Geschichte seiner Eltern. Wie so oft war der Vater eines Tages betrunken nachhause gekommen, es gab Streit; mit einer Axt erschlug er Argentina, die Mutter der Kinder. Dann erhängte er sich an einem Nussbaum, erzählten die Nachbarn. Moise ging zum Friedhof; keiner hatte eine Rose auf das Grab der Eltern gelegt.

Bald gehörte Moise zu den Menschen am Bahnhof, die einen Ausweis besaßen. Und doch wurde sein Leben immer schwieriger. Als Erwachsener kam er mit Betteln nicht mehr durch. Dann wurde er beim Stehlen erwischt, er hatte einer älteren Dame die Handtasche entrissen. Seine Version lautete: „Ich war am Friedhof, da lagen fünf Lei, ich bückte mich, um sie aufzuheben. Und schon kam die Polizei." Ihm wurde eine Reihe ungelöster Diebstähle am Bahnhof angehängt, und so wurde er zu drei Jahren Gefängnis verurteilt. In dieser Zeit schrieb er jeden Tag einen Brief an mich, mit Zeichnungen und langen Berichten. Über das Leben an der „Fakultät", wie das Gefängnis dort genannt wird. Die Briefe habe ich in einer großen Schachtel gesammelt.

Im Gefängnis hatte Moise schnell die Wächter für sich gewonnen, sie erfüllten ihm Sonderwünsche. „Garborii", fette Ärsche, so nennen sie die Insassen, Moise aber machte sie sich zu Freunden. Oft rief er mich an. Mobiltelefone in der Haft, das ist normalerweise unmöglich, für Moise kein Problem. Ich besuchte ihn und wurde von den Beamten freundlich empfangen: „Moise hat uns alles über dich erzählt!" So kam auch ich zu einer Sonderbehandlung im Gefängnis.

Dann wurde Moise entlassen und kehrte zurück in seine Welt am Bahnhof. Ich war inzwischen weitergezogen nach Sibiu, fünf Stunden von Bukarest entfernt. Dort bauten wir ELIJAH auf, ein neues soziales Werk, das Roma-Familien unterstützt. Jeden Tag rief mich Moise an und berichtete von den Sorgen der Leute auf der Straße, aber auch von manchem Spaß, den er sich leistete. Ich müsse ihn in seinem neuen Zuhause besuchen, ich würde staunen, so endete jedes Gespräch.

Als ich dann im Winter endlich wieder einmal in Bukarest war, wurde ich von alten Bekannten zu Moise geführt. Er hatte sich in einem ausgebrannten Auto eingerichtet und schlief, in drei dicke Jacken verpackt, eine Wollmütze bis über die Augen gezogen. Er schreckte auf, knurrte, war aber schnell wieder der Alte. Stolz führte er mich und meine Begleiter durch den Bahnhof und zu Freunden, die dort hausten. Einige kannte ich noch, es waren unsere Kinder, jetzt zu Greisen geworden, heruntergekommene Gestalten, die allen Wahnsinn auf der Straße überlebt hatten. Viele waren gestorben. Um die letzten Elenden, die noch da waren, kümmerte sich niemand.

Wir versuchten an jenem Tag zu helfen, wo es möglich war: warmes Essen an einem Kiosk, ein paar warme Kleider und für jeden ein Paar Schuhe. Bedrückt fuhren wir zurück nach Sibiu. Und Moise rief wieder an. Er ließ uns keine Ruhe, bis wir ein Haus fanden und Mitarbeiter, die seine Aufträge ausführten. Wieder entstand eine Gemeinschaft mit Essen, Waschen, Beten. Unsere Kirche.

Moise erhielt Arbeit als Freiwilliger in einer Kantine, die Obdachlose versorgt. Dort sei er schnell der wichtigste Mitarbeiter geworden, lautete zumindest seine Version. Seine Aufgabe bestand darin, den Hungrigen, die in der Schlange standen, einen Platz am Tisch zuzuweisen. Dafür durfte er essen, so viel er wollte. So wurde aus dem schmächtigen Straßenkind in einem Jahr ein kugelrunder Mann von hundert Kilo.

In unserer Gemeinschaft ist Moise ein wertvolles Mitglied geworden. Er schafft gute Stimmung, ist einfühlsam, wo uns die Not berührt, und hat herrliche Ideen. Mit tiefem Glauben und Witz leitet er das Morgengebet, noch lieber kocht er fette Speisen.

Ein Kind der Straße aber ist er geblieben. Einmal saß er drei Minuten allein in meinem Büro, wo immer etwas herumliegt. Als ich zurückkam, hörte ich etwas rascheln und wusste sofort, in seiner Faust war ein zerknüllter Geldschein, den er sich rasch geschnappt hatte. Als ich Nachbarn besuchte, staunte ich über die schöne Ikone an der Wand. „Moise hat sie uns geschenkt!", freuten sich die Leute. Zuhause sah ich, wo sie bei uns fehlte. Solange er mit Ikonen Freunde gewinnt, ist es gut, tröstete ich mich. Moise wird wohl nie ein normaler Bürger werden. Er passt in kein Arbeitsverhältnis. Doch er ist

Lebenskünstler. Und Künstler. Mit starken Farben bringt er seine Welt ins Bild: den Bahnhof und die Straßenkinder, das Leben der Roma mit offenem Feuer und Pferd, die Freunde im Himmel, Jesus, der die armen Kinder liebt. Auf keinem Bild fehlen die Raben, jene Raben, die dem Propheten Elijah Fleisch und Brot brachten.

Moise ist mein Freund, seit über dreißig Jahren.
Ein Schwieriger. Ein Künstler. Ich liebe ihn.

Ruth Zenkert

Mit Gebeten für die ewigen Kinder der Straße.
Ruth

Ich bin Moise. Ich liebe Ruth. Wir sind beide Fische, typische Fische. Das ist unser Sternzeichen. Wir schwimmen überall hin. Viele Straßenkinder, viele Farben. Ich bin der dunkelblaue Fisch.

FÜR MOISE
TUT SICH
EIN TOR AUF

Viele Jahre lebte Moise auf der Straße. Sein Revier war der Nordbahnhof in Bukarest. Dort hat er Freunde und Feinde. Sie alle suchen ein Zuhause. Wer gibt ihnen Geborgenheit? Wieder einmal klopft Moise an die Haustüre der ELIJAH-Gemeinschaft im siebenbürgischen Marpod. Das Haus heißt „Le Chaim" – Auf das Leben!

Moise bringt Leben überallhin, wo er auftaucht. Um ihn dreht sich bei uns alles – Kinder und Gäste, Volontärinnen und Volontäre, Katzen, Hund und Hühner. Er kocht gerne, leitet das Gebet und predigt in der Kapelle. Die Bibel mit ihren Geschichten begeistert ihn. Im Hof unterhält er alle mit Ideen und Späßen. Bei Festen trägt er, der König der Straßenkinder, goldene Ringe und seine besten Kleider. Er findet immer Aufmerksamkeit und schenkt viel Freude – trotz Rauchen, Schlemmen, Trinken und – wenn nötig – Stehlen.

Vor einiger Zeit hat Moise zu zeichnen begonnen. Diese konzentrierte Arbeit hielt ihn für einige Zeit in unserer Gemeinschaft. Eine Auswahl aus seinen Bildern ist in diesem Buch versammelt.

In Siebenbürgen gibt es viele alte Kirchenburgen.
Sie stehen leer, die Leute sind weggezogen.
Im Dorf Marpod ist die neue Kirchenburg ELIJAH.
Sie ist bewohnt. Pater, Ruth, Moise und
Volontärinnen leben hier. Auch Raben fliegen
im Hof. Im Dorf gibt es viele Häuser, einige
davon haben wir für arme Familien gebaut.
Hinten sind die Hügel, wo wir spazieren gehen.
Nicht ich, denn ich mag nicht gehen.

Der Hof „Le Chaim" in Marpod, von der Straße aus.
Ein großes Tor öffnet den Weg in eine andere Welt.
Für mich ist es ein neues Leben.

Die Raben wurden von Gott zu ELIJAH geschickt.
Viele Kinder kommen gern zur Messe in die ELIJAH-
Kapelle. Wir sagen Danke und sind Freunde.

In unserer Hauskapelle feiern wir die Messe. Jeder Platz ist besetzt. Es gibt immer Streit, wer ministrieren darf. Wir beten und singen, Beatbox trommelt zu den Liedern. Ich bereite Brot und Wein vor.

Im Hof „Le Chaim" ist die Kunstwerkstatt. Die Mädchen lernen töpfern. Links ist die Töpferscheibe. Am Tisch schneiden sie mit den Scheren Engel aus. In den Regalen sind ihre Kunstwerke ausgestellt. Ich habe dort einen Tisch, an dem ich zeichne.

Paula ist eine gute Hausfrau. Sie hat eine Schürze an und kehrt den Hof. Sie putzt unsere Küche und den Gemeinschaftsraum. Paula ist sehr fleißig. Sie lacht sogar, wenn sie arbeitet.

Ioana arbeitet im Garten. Bei ihr sind immer die Katzen. Sie schauen neugierig zu. Ioana ist selbst schon wie eine Katze geworden.

In unserem Hof wachsen Weintrauben. Paula erntet sie. Sie klettert an den Stangen hinauf. Die Trauben schmecken sehr gut, wir essen sie schon, wenn sie noch nicht reif sind.

Unsere Hühner haben ein schönes rotes Hühnerhaus. Der Hahn „Dreimal" führt seine zehn Damen zum Teich. Jeden Tag schenken sie uns frische Eier. Dafür machen wir ihnen sauber. Sie spazieren im ganzen Hof herum und naschen am Hundefutter.

Ruth hat vier Katzen, die sie sehr liebt, Emil, David, Baghera und Kaba. Sie kommen in die Kapelle mit und beim Essen liegen sie manchmal auf dem Tisch. Sie dürfen alles.

Pater Georg und Ruth arbeiten viel am Schreibtisch. Sie haben einen schönen Ausblick auf die Berge. Der Papierkorb ist voll. Auf dem Tisch ist viel Papier, der Computer und ein großer Bildschirm. Beide tragen eine Brille. Und mittendrin sitzt immer eine Katze und schaut zu.

Bei ELIJAH fotografiere ich gerne die Leute in der Gemeinschaft, Pater Georg und Ruth mit dem Raben, Paula und die Volontäre. Wenn sie lachen, mache ich ein Bild mit Blitz.

Der Pater kocht sehr gut. Er schneidet Gemüse, an Festtagen gibt es Fleisch. Wir decken den Tisch, mit Servietten. Am Tisch sitzen immer viele hungrige Kinder aus dem Dorf.

Pater Georg geht jeden Tag mit unserem Hund spazieren. Er heißt Simsalabim und jagt die Rehe und Hasen, aber auch die Schafe. Simsalabim geht dem Pater nicht von der Seite, er spürt, dass er ein Mensch mit einer guten Seele ist. Auch nachts ist er bei ihm im Zimmer.

Wie „seksi" ist Ruth! Sie schwimmt in unserem Teich. Sie lacht und ist froh über die Erfrischung im Sommer. Am Rand liegen zwei Rettungsringe.

Einmal in der Woche kommen die Mitarbeiterinnen und Mitarbeiter zusammen zur Bibelschule. Gut ist, dass es auch Kekse und Kaffee gibt. Wir sitzen am großen Tisch und lesen. Bogdan erklärt die Geschichten. Wir haben viele Fragen. Ich will wissen, wie der Elefant in die Arche gepasst hat.

Adam und Eva im Urwald, sie waren nackt.
Ich hätte sie gerne gesehen.

Die Schlange und Eva, Eva schaut glücklich.
Warum?

Der König Herodes ist gemein. Er schneidet dem heiligen Johannes den Kopf ab. Die Königin will den Kopf. Sie ist auch böse.

Das Baby Moise schwimmt im Nil. Wo ist seine Mama? Sie hat das Kind weggegeben. Die schöne Tochter des Pharaos findet es. Ein großes Glück.

Jesus ist mit seinen Freunden auf der Wiese und hat lange gepredigt. Sie haben Hunger, aber es ist nichts da. Jesus gibt ihnen Brot und Fisch. Lasst es euch schmecken, Freunde!

Jesus ist mit seinen Jüngern im Boot, sie wollen fischen. Da kommt ein Sturm, das Boot kippt fast um. Jesus schläft tief. Die Jünger wecken ihn auf: Wir sterben! Jesus fragt: Warum habt ihr Angst, obwohl ich bei euch bin. Er steht auf und sagt zum Wind: Verschwinde. Dann ist es ruhig, und die Sonne kommt heraus. Jesus sagt: Passt auf, dass ihr nicht den Glauben verliert. Er steigt aus dem Boot und spaziert auf dem Wasser. Seine Jünger können es kaum glauben, obwohl sie ihn sehen.

Am Mittwoch beten wir im Morgengebet den Psalm 113, da heißt es: „Den Geringen richtet Gott auf aus dem Staub, aus dem Schmutz erhebt er den Armen." Da denke ich immer an die Zeit am Bahnhof, als ich im Dreck geschlafen habe. Gott hat mich herausgezogen. Ich bete für die, die noch dort sind.

Der Prophet Elijah versteckt sich in der Höhle. Er hat Angst. Und findet kein Essen. Da schickt Gott den Raben mit Brot und Fleisch. Elijah wird gestärkt und kann weitergehen.

Das alte Jerusalem. Links der Ölberg, wo Jesus verhaftet wurde. Rechts die Wohnhäuser der Familien und vorne der Tempel, wo Jesus gebetet hat.

Die Festung des Pilatus. Nachdem Jesus verurteilt wurde, haben sie ihn zwischen zwei Räubern gekreuzigt. Zum rechten Räuber sagte Jesus: Deine Sünden sind dir vergeben, du kommst mit mir in den Himmel. Von Jesus ist die Dornenkrone am Kreuz geblieben.

Jesus ist am Kreuz, neben ihm die Räuber. Jesus hat Durst. Ein Soldat gibt Jesus an einem Stock einen Lumpen, der mit Essig getränkt ist. Der Räuber auf der rechten Seite redet blöd daher, da kommt ein Rabe und pickt ihm die Augen aus. Es ist dunkel und fürchterlich.

Die Friedenstaube wurde von Gott nach Jerusalem geschickt. Hinter ihr ist das Kreuz, an dem Jesus gestorben ist. Sie bringt eine frohe Botschaft: Gott heilt uns.

Mein Freund Razvan besucht mich in Siebenbürgen. Ich bin ganz aufgeregt und habe ihn vom Bahnhof in Sibiu abgeholt. Wir haben uns seit Bukarest nicht mehr gesehen. Er ist ein erwachsener Mann geworden.

Razvan ist Moises wichtigster Freund. Seine Eltern waren auf der Straße gestorben und hatten vier Kinder hinterlassen; Razvan war mit drei Jahren der Jüngste. Moise brachte ihn damals zu uns mit den Worten: „Kümmert euch um Razvan, er braucht einen Platz. Auf mich müsst ihr nicht aufpassen, ich bleibe auf der Straße." Ich zögerte, weil das Kinderhaus schon voll war. Der Kleine aber boxte in meinen Bauch und forderte: „Acum, acum – jetzt will ich mit!" Wir nahmen das Kind auf. Heute spricht Razvan Deutsch und ist Koch im Stift Klosterneuburg. Er telefoniert jeden Tag mit Moise und schickt ihm Geld.

Pater Georg

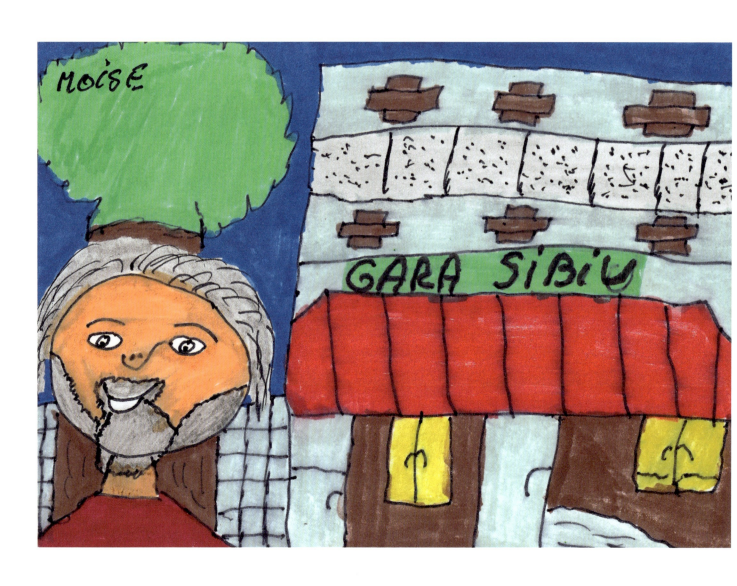

Bei uns im Hof ist ein Fest. Heute ist Razvan der Chef am Grill. Wir essen die Hühnerschlegel, Würstel und Salat.

Razvan hat mich in die Stadt eingeladen,
in das Restaurant Kontiki, da gibt es die beste
Kuttelsuppe. Der Kellner kennt mich schon.
Als wir uns an den Tisch setzten, sagte ich zu
Razvan: Wir müssen nichts bestellen, er weiß,
was ich will.

Weltmeisterschaft Tischtennis in unserem Hof:
Österreich – Rumänien. Es gibt viele Zuschauer.
Wer wird gewinnen?

Ruth und Pater Georg arbeiten an unserem Buch. Sie müssen viel schreiben. Jetzt freuen sie sich, dass es bald fertig wird. Die Katze jammert, sie will essen.

Brigitte hat Geburtstag. Sie hat viele Bücher und hilft Ruth beim Schreiben. Alles Gute!

Wir haben alle im März Geburtstag: Ich, Ruth und ihre Zwillingsschwester Barbara, Paula, Liviu. Wir haben viele Freunde und Freundinnen aus Rumänien, Österreich, Deutschland, Italien und Liechtenstein eingeladen und mit ihnen gefeiert. Es gab Sekt aus Holunderblüten und eine Torte.

Ruth und ihre Zwillingsschwester feiern Geburtstag. Sie trinken Rotwein. Barbara darf die Torte anschneiden. Raben schweben mit einem Blumenkranz über ihnen.

Johannes hat mir Kopfhörer geschenkt. Jetzt kann ich Musik hören, so laut ich will.

Ich brate ein Schwein für Ruth. Sie hat Geburtstag.
Auch das Schwein muss Ruth Freude machen.

Vor Weihnachten gehen die ELIJAH-Kinder durch die Dörfer und singen für alle, in der Schule, im Seniorenheim, im Spital. Am Schluss kommen sie auch zu Pater und Ruth.

Ruth wollte zu Weihnachten eine Gans braten. Aber es ging nicht. Die Gans läuft immer noch frei herum und freut sich, dass sie davongekommen ist.

Am Heiligen Abend gehen alle Mitarbeiter nachhause. Pater Georg bleibt bei uns und feiert mit den Kindern Weihnachten. Es ist eine große Freude für die armen Roma-Kinder.

BUCURIA COPIILOR DE CRĂCIU CHND PATĂR ESTE ÎN TRE, EI, PENTRU COPI ROMI SĂR ACI TE IUBIM, PATĂR ȘI RUTH

Die Raben Moise, Ruth und Pater wünschen Frieden für die Welt. Andere Raben fliegen nach. Wir sind alle aus verschiedenen Ländern und verstehen uns trotzdem. Warum können andere das nicht?

Silvester – Revelion! Wir feiern das neue Jahr mit
Sekt und einem Lachen.

Paul aus Tirol hat uns besucht, mit seiner Familie und Freunden. Wir haben uns gut verstanden. Sie schicken uns zu Weihnachten und Ostern Pakete mit Käse und Schinken.

Christus ist auferstanden! Die Kinder haben Kerzen in den Händen. Ruth und Pater bringen für alle bunt angemalte Eier.

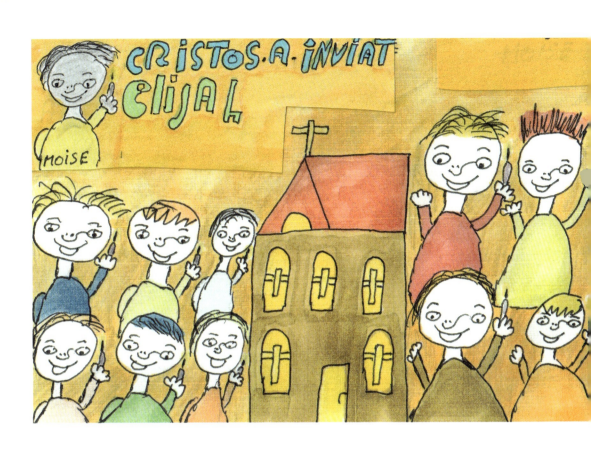

Alle sind auf dem Weg zum Rabentanz.
Viele Pferde und Wagen sind auf der Straße.

Der Rabentanz, Dansul Corbilor. Wir tanzen.
Wir haben viele Kinder, die jetzt musizieren können.
Vielleicht tausend.

Am meisten freuen sich die Kinder über Ruth.
Sie spielt Saxophon. Sie hat Angst, ob sie alles
richtig macht.

Die Musik ist super. Iova und Baia tanzen.
So gut wie sie kann es niemand.

Wir haben Ruth zum Flughafen gebracht. Sie schaut aus dem Fenster und winkt mir noch zu. Die Piloten sollen gut aufpassen!

Manchmal müssen Pater und Ruth nach Wien fahren. Wir sind traurig und sagen: Nu pleca – geh nicht weg! Sie winken uns zu: Wir lieben euch!

Wenn Pater und Ruth nicht da sind, zittere ich immer, ob ich durchhalte. Ich verliere oft die Nerven. Mit den Kindern warte ich, bis sie zurückkommen. Jetzt wird es wieder schön miteinander.

DIE KINDER DES CEAUȘESCU-REGIMES

Als Moise 44 Jahre alt war, unternahmen wir mit ihm eine Zeitreise, zurück in seine Kindheit, in das Dorf seiner Eltern, wo nur Roma-Familien leben. Moise war nach der Geburt vom Krankenhaus nicht nachhause, sondern direkt in ein staatliches Kinderheim gekommen.

Vor dem Haus der Familie sahen wir den Baum, an dem sich Moises Vater erhängt hatte, nachdem er seine Frau ermordet hatte. Dann besuchten wir das Kinderheim aus der Ceaușescu-Zeit, ein ehemaliges, nun verstaatlichtes Schloss. Moise war wie viele andere Kinder dort gequält worden und weggelaufen. Mit dem Zug fuhr er bis zur Endstation am Nordbahnhof in Bukarest, wo viele aus den Heimen entlaufene Kinder herumstreunten. So begann das Leben auf der Straße, mit Betteln, im Kanal, bei der Blumenfrau und zum ersten Mal bei Concordia, auf der Farm für Kinder. Dann wieder Krisen, Drogen und Diebstähle und schließlich Gefängnis.

Mein Dorf Poiana Negustorului (deutsch: Händlerwiese). Hier bin ich geboren, sonst nichts. Sie haben mich weggegeben in ein Heim – „Ciao, wir brauchen dich nicht". Das Dorf ist sehr arm, mitten im Wald, am Arsch der Welt. Es gab keine Straße, man musste zu Fuß dorthin gehen.

Meine Mama hieß Argentina. Sie war so dick, dass sie nicht mehr durch die Türe passte. Die Leute haben sie ausgelacht. Ein einziges Mal bin ich zu ihr gefahren und habe sie gesehen. Sie hat mir Essen gemacht, Mamaliga (Maisbrei) mit Fleisch, Eiern und Brennnesseln aus dem Wald. Ach, das war gut! Sie sagte mir, dass wir zwölf Kinder waren. Sie sagte nicht, von wie vielen Vätern.

Ich war im Kinderheim in Târgu Ocna. Es war ein großes Haus mit Fußballplatz, Speisesaal, Krankenstation, dem Büro des Direktors und vielen Zimmern. In einem Zimmer haben zwanzig Kinder geschlafen. Wir waren über hundert. Alle waren hungrig. Die großen Buben haben uns das Essen weggenommen und uns verprügelt.

Die Aufseher waren gefährlich. Sie haben uns geschlagen, bis der Hintern ganz rot war. Ich konnte nicht mehr sitzen und bin heulend in die Krankenstation gegangen. Es gab keine Medikamente, nur ein Bett.

MOISE LA CAMIN BĂTUT DE CEI MARI LA FUD PHNA SE VINEȚESTE RĂU. MOISE LA OFERINAT

Ich bin oft weggelaufen. Sie haben mich jedes Mal erwischt und zurückgebracht. Dann gab es mit dem Stock Schläge auf die Fingerspitzen. Quitte nannte man das. Es tat höllisch weh. Und dann musste ich in die schwarze Kammer, ohne Licht.

Vom Kinderheim in Târgu Ocna bin ich das erste Mal weggelaufen, als ich noch klein war. Ich bin zum Bahnhof gegangen, um wegzufahren, egal wohin. Ich war sehr stolz und glücklich, als ich im Zug saß. Und habe mich frei gefühlt. Bald hat mich die Polizei geschnappt und zurückgebracht. Sie haben mich windelweich geschlagen.

Nicolae und Elena Ceaușescu sind aufs Land gekommen und haben den Friedhof in Târgu Ocna eröffnet. Wir aus dem Kinderheim mussten antreten und sie feiern. Ein roter Teppich wurde ausgelegt. Jeder musste ihnen die Hand reichen und eine Blume übergeben. Wir haben die rumänische Hymne gesungen: „Trei culori cunosc pe lume" – Drei Farben kenne ich auf Erden. Wenn wir sangen: „Wir sind ein vereintes, stolzes, freies Volk", musste ich fast weinen.

Das Schloss von Ghica in Dofteana wurde zum Kinderhaus. Als ich sechs Jahre alt war, musste ich das andere Heim verlassen und wurde hierher gebracht. Jetzt war ich wieder einer der Kleinsten. Das Schloss war wunderschön, aber in den Mauern war das Leben die Hölle. Die Großen haben uns geschlagen, auf die Fußsohlen, die Hände, auf den Hintern. Wir waren ungefähr hundert Kinder in einem Haus, wo vorher eine einzige Familie gelebt hatte, die Familie Ghica. Weil ich so viel geschlagen und gequält wurde, bin ich auch von hier weggelaufen. Die Aufseher im Haus waren wie Teufel, wir hatten immer Angst. Einmal haben sie einen rausgeschmissen, weil er Kinder vergewaltigt hatte. Aber der Neue war genauso schrecklich.

Nachts um drei bin ich auf den Nussbaum geklettert, von dort auf die Mauer gesprungen und dann hinaus in die Freiheit. Im Wächterhaus war Licht, aber er hat mich nicht gesehen.

CHND ERAMIC AFUGIT DE LA OFERINAT IOU MAMASCUS MNTRU COPAC CU NUC PHNA SA FĂCUT SEARĂ ȘI AȘA AM FUGIT

Endlich habe ich es geschafft. Ich bin schnell zum Bahnhof gelaufen und gleich in den ersten Zug gesprungen. Er fuhr los. Ich bin eingeschlafen, und als ich aufwachte, lagen neben mir Brot und Geld. Der Kontrolleur hat mich ohne Ticket fahren lassen. Ich bin in Bukarest angekommen. Die große Uhr am Bahnhof, die braunen Bänke, die Straße … Jetzt war ich frei – und ich zitterte.

Viele Kinder waren am Bahnhof, alle aus Heimen weggelaufen. Neben den Wohnblocks gab es einen Kanal. Wir waren dort acht Freunde, haben im Kanal geschlafen, da war es warm. Aber auch Ratten und Wanzen gab es. Aus den Kirchen haben wir Kerzen gestohlen, damit wir unten Licht haben. Morgens habe ich den Kanaldeckel angehoben und bin hinaufgeklettert. Ich musste um Brot betteln.

Als ich klein war, habe ich viel Geld beim Betteln in der Metro bekommen. Ich habe mich in die Mitte gestellt und gesungen. Die Leute hatten Mitleid und haben mir etwas gegeben. Manchmal haben die Großen vom Bahnhof mich dann gepackt und mir alles weggenommen.

Mein Lied war „Mamelor din lumea intreaga" – Mütter der ganzen Welt:

Mütter der ganzen Welt,
ich gebe euch einen Rat:
Lasst eure Kinder nicht auf der Straße
wegen eines Mannes.

Denn ein Kind ohne Mama
ist wie ein Blatt ohne Zweig.
Heute wird es geboren, morgen stirbt es
und man kann es nicht vergessen.

Wenn du eine Mama hast,
kannst du sie nicht vergessen.
Ob gut oder schlecht –
sie ist immer deine Mama!

Mama, wenn du mich vermisst,
steig in den Zug und komm zu mir.
Nimm den Schnellzug
und komm ins Kinderheim.

Wenn du siehst, dass es zu weit ist,
steig aus und schreibe mir ein Buch.
Ich werde es in meinem Zimmer lesen
mit Tränen in den Augen.

Traurig ist die Ziege,
verlaufen in den Bergen.
Aber noch trauriger ist ein Kind,
das keine Eltern hat.

Ich hatte oft Hunger. Wenn ich nichts zum Essen erbetteln konnte, musste ich in den Mülleimern nach Resten suchen. Da dachte ich an die Zeit im Kinderhaus, wo ich am Tisch essen konnte.

Es war wie eine Erscheinung vom Himmel. Ein fremder Pater war gekommen. Mit seinen Freunden brachte er uns jeden Tag Brot. Von uns hat er Rumänisch gelernt. Wir wurden Freunde. Austria – Romania.

Es war kalt, und ich hatte Hunger. Wir haben alle den gelben „Aurolack" geschnüffelt. Jeder hatte ein Plastiksackerl mit etwas Lack darin. Zwei, drei Mal aufblasen und tief einatmen, da war ich weg im Kopf. Mir war schwindlig, ich vergaß alles, was mich gequält hatte.

Remus war mein Freund. Mit ihm habe ich einen Platz am Bahnhof gefunden. Den hat niemand gekannt. Wir waren allein und konnten in Ruhe schlafen.

Tanti Flori war die Blumenfrau am Bahnhof. Sie hat die schönsten Blumen verkauft. Wenn die Kinder geweint haben, sind sie zu Tanti Flori gekommen. Viele Kinder waren noch im Dunkeln.

Viele hatten Angst vor Bruce Lee, ich nicht. Er ist tätowiert und hat überall Ketten. Wir waren Freunde. Ich wollte nicht, dass Bruce Lee Menschen schlägt, wenn er betrunken ist.

Im Sommer gab es einen großen Gemüsemarkt. Wenn mir die Bäuerinnen nichts schenkten, musste ich stehlen. Am liebsten eine große Melone. Aber dann haben sie mir die schweren Gewichte von der Waage nachgeworfen. Ich musste mit meiner Beute schnell weglaufen.

MOISE

Ivan und ich haben Razvan mitgenommen und zu Concordia gebracht. Seine Eltern sind auf der Straße gestorben. Er war klein und hat geweint, er wollte nicht warten bis morgen. Ich habe dem Kind geholfen.

Als ich 1991 in ein Kinderhaus von Concordia kam, haben sie mich als Erstes in eine Badewanne gesteckt. Ich war total schwarz, stinkig und schmutzig. Tanti Margareta hat mich eingeseift und mit einer Bürste abgeschrubbt. Ich habe geschrien, weil es so gekratzt hat. Dann hat sie mich abgetrocknet. Sie hat mir neue Kleider gegeben und ein frisches Bett.

Cristina war schwanger. Sie hat es gemerkt, weil der Bauch immer dicker wurde. Plötzlich hat sie gesagt, das Kind kommt. Wir haben sie in den Park gelegt, weil sie so geschrien hat. Ich habe die Rettung geholt. Aber das Kind war schon da, als der Doktor kam. Ich habe nicht gewusst, was ich machen soll. Es ging alles von allein. Dann hat die Rettung die beiden mitgenommen.

Kardinal Schönborn und Pater Georg sind Freunde.
Der Kardinal hat uns einmal am Bahnhof besucht.
Ich habe ihm ein Kreuz auf die Stirn gemacht. Dazu
musste er sich weit herunterbeugen.

Wir wurden auf der „Farm für Kinder" aufgenommen. Es waren zehn bunte Häuser, ich habe im gelben gewohnt, zusammen mit sieben anderen. Wir waren eine große Familie. Zu Silvester durften wir ein Feuerwerk machen. Der kleine Razvan hat sich gefreut.

RĂZVAN CU MOISE LA ZER MĂ, CU, ARTFICE, 1

CHND RĂZVAN ERA MIC ŞI EU ERAM LA LAZAR ŞI AM FĂCUT REVELIONU L, CU EL ŞI TOŢI COLEGI DIN CASA LUI

Auf der „Farm für Kinder" wollte jeder in einer Werkstatt lernen und mitarbeiten. Pater Georg schickte mich in die Schlosserei. Wir bekamen einen Arbeitsanzug. Mir gefiel die grüne Schweißerbrille, ich setzte sie auch auf, wenn ich nicht in der Werkstatt war.

Ein paar Jahre war ich auch in der Schule, nicht jeden Tag. Ich bin froh, dass ich ein bisschen lesen und schreiben kann.

Einmal habe ich im Hotel Marriott gearbeitet. Das war elegant. Ich hatte sogar einen Arbeitsvertrag. Ich musste Pizza, Gewürze und Fleisch am Grill vorbereiten, neben dem Holzofen. Abends habe ich alles sauber gemacht.

Als ich zwanzig Jahre alt war, habe ich das erste und letzte Mal meinen Zwillingsbruder gesehen. Er hat zuhause die Schafe gehütet. Ich will mich nicht an ihn erinnern, weil ich Sehnsucht habe. Ich würde ihn gerne wieder besuchen. Lebt er noch?

Meine Mutter Argentina ist gestorben. Ich war sehr traurig, obwohl ich sie nur einmal gesehen habe. Ich konnte nicht zur Beerdigung kommen, weil ich es zu spät erfahren habe. Mein Wunsch war, ihr eine Blume aufs Grab zu legen. Ich habe bei Leuten um Geld für die Blume und ein Zugticket gebettelt und viel Geld bekommen. Das Betteln ging immer besser, mit dicken Tränen, und jahrelang habe ich damit ein gutes Geschäft gemacht. Aber am Grab war ich noch nie.

Als ich zwanzig Jahre alt war, habe ich in Poiana Negustorului, dem Dorf, wo meine Eltern lebten, meine Mama kennengelernt. Auch meinen Zwillingsbruder, ein paar Neffen und Geschwister von meiner Mama. Nach einem Jahr bin ich wieder gekommen, um sie zu besuchen. Aber da hat mir der Bruder meiner Mama gesagt, dass meine Eltern gestorben sind. Dass der Vater meine Mama umgebracht hat, mit einer Axt. Der ganze Hof ist im Blut geschwommen. Dann hat mein Vater eine Leiter genommen. ist zum Nussbaum im Hof gegangen und hat sich mit einem Pferdegeschirr aufgehängt. Jetzt habe ich in dem Dorf noch Geschwister, Neffen, Tanten und Onkel. Aber ich kenne sie nicht.

Ich hatte wieder einmal eine Krise, wahrscheinlich von den Drogen. Ich habe mit Steinen auf jeden geworfen, der in meine Nähe kam. Dann fand ich einen großen Pflasterstein und wollte ihn auf die Eingangstüre des Sozialzentrums Lazarus werfen. Das Glas sollte zerspringen! Ein Mitarbeiter stand hinter der Türe und hatte Angst. Da kam Ruth heraus und sagte: „Moise, ich verstehe nicht, warum ich dich so gernhabe." Wir mussten beide lachen. Sie kam auf mich zu und sagte: „Moise, bitte gib mir den Stein." Ich habe ihn ihr gegeben.

LA SF LAZĂR RUTH IA CĂRĂMIDA DIN MNĂ LUI MOISE

Wenn ich wütend war, bin ich immer gleich weggegangen. Meistens habe ich vorher noch etwas kaputtgemacht, damit mich niemand aufhielt. Ich hatte immer nur einen Plastiksack mit ein paar Sachen, sonst nichts. Ich war traurig. Ich habe auf alle und alles geschimpft, ich weiß nicht, warum. Schon an der ersten Ecke hatte ich Sehnsucht, aber noch konnte ich nicht zurück.

Überall hat uns die Polizei vertrieben. Sie sagten, dass wir böse sind und stehlen. Ich hatte in jeder Hand ein Sackerl mit Lack zum Schnüffeln. In einer Nacht haben die Polizisten viele in den Keller am Bahnhof eingesperrt. Da haben wir geschlafen.

Ramona ist gestorben. Sie war eine von uns am Bahnhof. Die Drogen haben sie kaputt gemacht. Wir haben am Armenfriedhof das Grab ausgeschaufelt, ein Kreuz und einen Blumenkranz besorgt. Pater Georg hat das Begräbnis geleitet. Drei gute Freunde waren beim Begräbnis, auch ihr Bruder Razvan. Jeder hatte eine rote Rose. Als der Deckel auf dem Sarg war, haben alle eine Schaufel voll Erde ins Grab geworfen. Țarina ușoara – eine leichte Erde – haben wir ihr gewünscht.

Mit Betteln kam ich nicht mehr durch. Ich musste stehlen. Oft konnte ich mit der Beute über die Gleise davonlaufen. Aber dann wurde ich erwischt. Sie haben mir eine Liste mit Taten vorgelegt, die ich unterschreiben musste. Ich konnte es gar nicht lesen. Für drei Jahre kam ich ins Gefängnis. Zu Mittag hat der Wärter das kleine Fenster geöffnet und mir die graue Suppe hereingeschoben.

Bei der Gerichtsverhandlung saß ich vor drei Leuten. Die Richterin hatte einen Hammer vor sich liegen. Ich musste eine Hand auf die Bibel legen, die andere erheben und schwören, dass ich die Wahrheit sage. Aber ich habe gar nicht verstanden, was mir alles vorgeworfen wurde. Sie haben mir drei Jahre Gefängnis gegeben. Das war nicht richtig.

Außer einer Liege gab es nichts in der Zelle.
Die Suppe schmeckte furchtbar. Ich wollte raus
und habe geschrien. Es hat nichts genützt.

Ruth und Pater haben mich in Tulcea im Gefängnis besucht und ein blaues Paket mit guten Sachen mitgebracht. Es war der schönste Tag. Ich habe ganz vergessen, dass der „Arsch", der Wärter, hinter mir stand.

Dann kam ich heraus. Wohin? Ich ging zurück in den Kanal. Ruth und Pater besuchten mich am Bahnhof. Sie hoben den Kanaldeckel und kamen die Leiter herunter. Im Kanal saßen einige herum, andere schliefen, weil sie vom Lack betäubt waren. Bei jedem brannte eine Kerze.

Piața Matache, der Gemüsemarkt. Ich habe oft geholfen, um ein bisschen Geld zu verdienen. Ich war natürlich ein erfolgreicher Verkäufer. Bei mir ging immer alles weg. Ich habe auch viel verschenkt. Oder hätten sie das welke Gemüse wieder mit nachhause nehmen sollen?

In der Sozialkantine Grilo essen jeden Tag viele Leute von der Straße. Sie warten am Eingang, bis ein Platz frei wird. Ich habe die Leute zu ihrem Platz geführt, ihnen Teller und Besteck und ein Brot an den Platz gebracht. Am Herd habe ich die gelbe Kuttelsuppe und das geschnetzelte Fleisch bewacht. Für meine Mitarbeit durfte ich so viel essen, wie ich konnte. Das habe ich gemacht.

Im Sommer kam ich bis nach Constanța am Schwarzen Meer. Dort wohnen Türken, sie verkaufen auf der Straße Baklava. Ich konnte auch verkaufen, habe aber die Hälfte selber gegessen. Am Abend war mein Brett leer.

Am Parkplatz vor dem Bahnhof war ein kaputtes Auto. Ich habe mit einem Freund darin gewohnt. Es war ein Luxus. Dann wollten auch andere zu uns, es war aber kein Platz. Sie waren wütend und haben das Auto angezündet.

In Bukarest habe ich im Haus eines alten Mannes
ein Zimmer gefunden. Endlich wieder ein Dach
über dem Kopf! Aber das Bett und das Zimmer
waren voller Wanzen. Ich habe kein Auge zugetan.
Ich ging dann in ein anderes Zimmer, ohne Fenster.

Pater Georg hat alle in einem Gasthaus am Bahnhof zum Essen eingeladen. Vor dem Grill stehen Tische und Bänke. Auf den Tellern sind mici – Čevapčići – mit Brot und Senf. Wenn wir feiern, bekommt jeder ein Bier. Alle sind glücklich. Keiner weint, obwohl wir ein schweres Leben am Bahnhof haben.

ELIJAH LÄSST MICH TRÄUMEN

ROMA UND EUROPA

Vom Propheten Elijah hat der Sozialverein von P. Georg Sporschill SJ und Ruth Zenkert seinen Namen. Elijah hat Ungerechtigkeit bekämpft, er ist auch der Prophet des Feuers. Und dieses Feuer braucht es in der Sozialarbeit, die der Verein ELIJAH leistet: Er nimmt sich der Armen an und ruft die Jugend zur Mitarbeit. In fünf Dörfern in der Nähe von Hermannstadt/Sibiu wurden Sozialzentren und eine Musikschule gegründet, in der Roma-Kinder glänzen. Die Freude der Jugend und der Stolz ihrer Eltern ebnen den Weg zur Schule und wecken die Lust am Lernen. „Casa Francisc", das Haus für die Studenten in Sibiu, öffnet vierzig Jugendlichen aus den Dörfern das Tor zum Studium.

In Siebenbürgen leben seit Jahrhunderten viele Roma. Die schönen Höfe der Sachsen wären nicht denkbar gewesen ohne die Taglöhner, von denen die meisten Roma waren. Auch Analphabeten hatten Arbeit.

Ich erinnere mich, wie sich am Rande meines Heimatdorfes in der Moldau Menschen niederließen, nur für ein paar Wochen. Sie trugen bunte Kleider, ihre Pferde zogen Planwagen, sie machten Feuer und boten ihre Dienste an. Sie schliffen Messer, verkauften Kupfer- und Eisentöpfe, Körbe und Besen, auch fromme Bilder und Wandteppiche mit dem Guten Hirten oder dem Abendmahl. Manche machten Musik, ausgelassene Kinder tanzten, manchmal auch Bären. Das gibt es heute nicht mehr. Wo sind unsere Rom-MitbürgerInnen geblieben? Scharen ziehen zum Rathaus und suchen Sozialhilfe, sie überleben mit dem Kindergeld. Viele hausen in Siedlungen, die im Schlamm versinken. Andere ziehen bettelnd durch Europa, in den Gefängnissen finden sich auffällig viele dunkle Gesichter. Die Ungebildeten bleiben auf der Straße. Das ist ein Problem und eine Herausforderung zugleich: Wie finden sie in Europa ein Zuhause, wie können sie mit eigener Hände Arbeit ihre kinderreichen Familien ernähren?

Europa muss sich der Frage des Zusammenlebens mit der Roma-Bevölkerung stellen. Aufgrund der Geschichte ist das Problem bei uns besonders schmerzhaft. Wie können wir auch den Roma eine Heimat bieten, in der sie respektiert werden? Wie bekommen alle Kinder die gleichen Chancen für eine Ausbildung? Angesichts der europäischen Wunde erinnere ich an die Schätze, die Rumänien besitzt. Denn ich sehe darin Quellen der Kraft, die wir brauchen, um die sozialen Probleme in Europa zu bewältigen.

In Rumänien leben seit jeher verschiedene Völker zusammen. Wir haben einen Reichtum an Sprachen. Die Familie wird heiliggehalten, genauso die Gastfreundschaft. Die Liebe zu Gott ist in unserer Kultur tief verwurzelt. Die verschiedenen Konfessionen und Religionen leben in gutem Einverständnis. Unser Land hat jene Kräfte, die Europa nicht nur zu einer wirtschaftlichen Union, sondern auch zu einer sozialen Union machen können. Die Liebe ist stark – die Liebe zur Heimat, die Liebe zu den Fremden und die Liebe zu Gott. Die Liebe gibt jedem Menschen eine göttliche Würde und die Kraft, Heimatlosigkeit zu überwinden, von den Roma bis zu den Flüchtlingen.

Seine Rede an das Europaparlament im November 2014 beendete Papst Franziskus mit dem Aufruf: „Liebe Europaabgeordnete, die Stunde ist gekommen, gemeinsam das Europa aufzubauen, das sich nicht um die Wirtschaft dreht, sondern um die Heiligkeit der menschlichen Person, der unveräußerlichen Werte; das Europa, das mutig seine Vergangenheit umfasst und vertrauensvoll in die Zukunft blickt, um in Fülle und voll Hoffnung seine Gegenwart zu leben. Es ist der Moment gekommen, den Gedanken eines verängstigten und in sich selbst verkrümmten Europas fallen zu lassen, um ein Europa zu erwecken und zu fördern, das ein Protagonist ist und Träger von Wissenschaft, Kunst, Musik, menschlichen Werten und auch Träger des Glaubens.

Das Europa, das den Himmel betrachtet und Ideale verfolgt; das Europa, das auf den Menschen schaut, ihn verteidigt und schützt; das Europa, das auf sicherem, festem Boden voranschreitet, ein kostbarer Bezugspunkt für die gesamte Menschheit!"

Wo gibt es in unserem Land soziale Initiativen? Wo sind Menschen und Gruppen, die helfen – den Nachbarn und denen, die an den Rand gedrängt sind? Denen, die viele Kinder haben, denen, die keine Arbeit haben? Ich schaue vor allem, wo Initiativen sind, die den Kindern den Weg zur Schule ermöglichen. Die Schulpflicht allein ist es nicht. Wer bietet jungen Menschen eine Ausbildung an? Wer gibt Erwachsenen, die keinen Beruf gelernt haben, Möglichkeiten zum Einstieg in die Arbeit? Diesen Aufgaben hat sich der Verein ELIJAH verschrieben. Jugendliche aus ganz Europa finden in Hosman zusammen, um zu lernen. Sie helfen und überwinden alte Gräben. Sie werden Kraft schöpfen aus dem Reichtum Rumäniens, aus seiner kulturellen Vielfalt und aus unserer tiefsten Wurzel, aus der Verbundenheit mit Gott. Allen guten Kräften, die von diesem Werk ausströmen, wünsche ich stetiges Wachstum. Möge die ELIJAH-Initiative zu einem europäischen Modell für das Zusammenleben werden, in dem auch unsere Roma Heimat haben. Davon träume ich.

Erzbischof em.
Ioan Robu, Bukarest

DER RABE WIRD ZUM LEBENSRETTER

Cioara – Krähe, Rabe: Das ist in Rumänien das ärgste Schimpfwort für die Roma. Trotzdem haben wir den Raben als Logo für ELIJAH gewählt, heißt es doch in der Heiligen Schrift vom gleichnamigen Propheten: „Die Raben brachten ihm Brot und Fleisch am Morgen und ebenso Brot und Fleisch am Abend." (1 Kön 17,6) Die Welt sollte den Roma gerecht werden. Sie feiern, sie beten, sie lieben Musik und Pferde. Die Großfamilien halten zusammen, sie haben ihre Kinder gern, sie erzählen Geschichten. Ihr Lebensstil unterscheidet sich von dem der meisten Menschen in Europa. Viele sind Analphabeten und bitterarm, ihre Siedlungen sind heruntergekommen und verwahrlost.

Moise zeichnet sich als Angehörigen der Roma immer mit dunklem Gesicht, die anderen Rumänen mit weißem. Er erzählt offen von seinen Problemen, er hat seinen Pass verbrannt, er ist ungewaschen und stinkt. Dann aber wird er zum Helfer, den die Kinder lieben. Er macht Musik und ist stolzer „Professor der Raben". Endlich hat er genug zu essen; als er auf die Waage steigt, zeigt sie hundert Kilo an. Moise bekommt ein schönes Gebiss, aber noch tut es ihm weh. Er ist ein versöhnter Mensch und hilft. Trotz allem.

ELIJAH baut schöne Häuser. In Nou gibt es eine Siedlung, in der jetzt arme Zigeuner mit ihren Kindern leben. Respekt!

Die Zigeunersiedlung in Ziegental heißt 77, weil es nur die Hausnummer 77 gibt. Es sind kleine und einfache Häuser, die Leute sind arm.

Zur Eröffnung wird ein großes Fest gefeiert.
Der Pfarrer und der Bürgermeister sind gekommen.
Alle danken Pater Georg und Ruth. Die Kinder
freuen sich.

In Rumänien gibt es zwei Sorten von Menschen: die Rumänen und die Zigeuner. Ich bin Zigeuner. Manche Rumänen sagen, wir sind keine Menschen. Es ist eine große Feindschaft zwischen den beiden. Ich bin Zigeuner und bin sogar stolz darauf. Neuerdings sagt man zu uns auch Roma. Aber das kommt vom Ausland. Wir nennen uns Zigeuner. Das klingt schöner, und wir verstehen, was man meint. Es gibt „Zigeunerzigeuner", die sind die echten. Sie haben eine eigene Tradition und Sprache. Ich bin ein rumänisierter Zigeuner, das bedeutet angepasst. Ich kenne die Sprache nicht so gut und trage auch keinen schwarzen Hut. Aber in meinem Pass steht, dass ich Rumäne bin. Ich bin hier geboren, also bin ich Rumäne – obwohl ich ein Zigeuner bin.

Wir haben verschiedene Kirchen. Die Rumänen sind orthodox, die meisten Zigeuner gehen zu den Pocăiți, das sind die Bekehrten. Hier singen sie auch Lieder in der Zigeunersprache.

Zwei glückliche Zigeuner liegen im Heu auf dem Pferdewagen. Das Pferd muss laufen, die beiden lieben sich. Das Pferd heißt Cäsar.

Am 8. April ist der internationale Roma-Tag. Die Zigeuner feiern und tanzen. Und das Lamm brutzelt im Topf auf dem Feuer. Wer will da kein Zigeuner sein?!

Der junge Vagabund hat eine blonde Freundin. Er hat ihr eine rote Blume geschenkt. Sie lacht ihn an, liebt ihn. Jetzt gibt er ihr einen goldenen Ring mit einem roten Diamanten.

Mein Lieblingslied ist „Der junge Vagabund". Ich singe es, seit ich klein bin.

„Ich bin ein junger Vagabund und lebe zwischen den Geliebten. Wo es auch Messerstechereien gibt. Und jetzt holt der Matrose einen Ring hervor und schenkt ihn seiner Geliebten. Damit sie immer bei ihm bleibt.

Dann zieht er ein Messer aus der Tasche, weil die Geliebte ihn betrogen hat. Und er sticht sie direkt ins Herz.

Jetzt wird der Matrose Sehnsucht tragen, sieben Jahre kann er sein Kleid nicht wechseln, weil er im Gefängnis ist."

Er hat seine schöne Vagabundin mit dem Messer direkt ins Herz gestochen.

Der Matrose ist im Gefängnis, für sieben Jahre wird er die gestreifte Kleidung tragen müssen. Voll Sehnsucht muss er warten, bis er wieder bei seiner Geliebten ist.

Wir waren beim Târgul Porcilor, dem Schweinemarkt. Früher wurden hier Tiere gehandelt. Da sind viele Zigeuner, manche verkaufen nur altes Zeug. Man kann dort alles finden, Kleider, Pfannen, Kartoffeln, Lautsprecherboxen, Töpfe, Musikgeräte. Ich habe mir eine rote Jogginghose gekauft.

Jeden Sonntag ist am Stadtrand Zigeunermarkt. Die Zigeuner verkaufen Essen, Hosen, Kupferkessel und Geschirr. Die schöne Zigeunerin hat in ihr Haar ein buntes Band mit Goldmünzen eingeflochten. Vielleicht soll sie auch verkauft werden, an einen reichen Mann.

Zigeuner leben immer am Dorfrand, nahe dem Wald. Sie laden ein zu einem Fest. Im großen Topf brät die Frau auf dem Feuer Fleisch. Es gibt zu trinken. Später werden sie singen und tanzen. Auch das Pferd bekommt heute viel zu essen.

Zâna kennen wir, seit sie ein kleines Kind war. Sie ist in der ELIJAH-Familie aufgewachsen. Jetzt hat sie einen kleinen Buben, Anais. Sie wohnt in einem ELIJAH-Haus und muss noch lernen, wie man Ordnung macht. Es schaut schrecklich aus bei ihr.

Pater Georg und Ruth bringen den Familien Hilfe. Die Leute kommen heraus und sagen Danke. Und sie haben neue Wünsche. Sie denken, das muss man ausnützen, irgendwas bekommt man dann immer.

Hier sind alle miteinander verwandt. Die Kinder sind schmutzig und streiten. Ein Vater schlägt sie, er ist betrunken. Die Mütter kochen Maisbrei draußen am Feuer. Sie haben keine Küche. Die Häuser sind verfallen, auf den Dächern fehlen Dachziegel, es regnet hinein.

Ich fahre zum ersten Mal mit dem Zug von Bukarest nach Sibiu. Der Zug ist international, ich sitze im österreichischen Abteil, hinter mir ist das rumänische. Ich kann es nicht erwarten, bis wir ankommen, und schaue die ganze Zeit aus dem Fenster. Unterwegs sehe ich die Karpaten.

Pater und Ruth und viele Kinder haben mich empfangen. Hier sind überall die Raben, die Zigeunerkinder. Ich bin selbst einer und fühle mich wohl unter ihnen.

Ich hatte meinen Pass angezündet, um die anderen zu ärgern. Ruth lässt für mich einen neuen Pass machen. Der Beamte hat mich fotografiert. Ich machte Witze und schnitt Grimassen und musste immer lachen. Zuerst war er ungeduldig, aber dann musste auch er so sehr lachen, dass er nicht mehr fotografieren konnte. Aber dann haben wir es geschafft, es wurde ein ernstes Foto. Und jetzt habe ich wieder einen Pass.

MOISE
LA POZE DE PAȘAPORT.

Ich habe ein eigenes Zimmer bei ELIJAH. Es ist mein Königreich. Ich habe viele Bilder aufgehängt. Und es gibt ein weiches Bett mit warmer Decke. Eine Türe, die ich zusperren kann. Keiner vertreibt mich in der Nacht, trotzdem wache ich oft auf, um mich zu schützen.

Ich habe auch ein Bad, wo ich duschen kann. Wisst ihr, wie das ist, wenn man kein Wasser hat? Ich stinke immer. Jetzt kann ich mich einseifen und warm abwaschen. Ruth hat mir eine große Bürste geschenkt, von ihr habe ich auch ein Parfüm bekommen.

In der Bäckerei ELIJAH werden hundert oder tausend Brote gebacken. Wenn es Pizza gibt, helfen die Kinder.

Ich habe in Marpod die Aufgabe, die Kinder abzuholen. Ich begleite sie in unser Sozialzentrum. Sie sind immer froh, wenn sie zu uns kommen können. Sie können schon bis zehn zählen – auf Rumänisch und Deutsch.

Dann spielen und singen wir. Ich mache viele Späße mit ihnen. Sie lachen. Ich genieße es, dass sie mich so gernhaben.

Mit den Kindern im Sozialzentrum „Sokeres".
Das Wort ist Romanes und heißt: Wie geht's?
Ich darf nachmittags mit den Kindern lernen.
Die Leiterin Raluca ist dabei. Aber ich brauche sie
nicht. Im Zentrum gibt es Kochplatten und eine
kleine Küche, dort macht sie Essen für die Kinder.

Ich bin der Professor, der in der Schule die Rabenkinder unterrichtet. Ich erkläre ihnen die Regeln im Leben. Alle wollen mitreden und heben einen Flügel, um zu Wort zu kommen.

In der Kunstwerkstatt ist es warm. Hier wird getöpfert, in den Regalen sind die fertigen Tassen, Raben und Schüsseln. Hier steht auch ein Tisch, wo ich zeichne. Neben mir liegt unser Hund Simsalabim.

Die ELIJAH-Kinder tanzen gern. Ich bin der DJ und mache gute Stimmung.

Viele Kinder gehen in die ELIJAH-Musikschule. Sie lernen verschiedene Instrumente. Ich habe ihnen am Anfang Trommelunterricht gegeben. Die meisten sind Zigeuner, sie sind sehr begabt und spielen sofort eine Melodie, die kommt aus dem Herzen.

Der Dirigent ist Félix aus Venezuela. Er war selber ein armes Kind und ist durch die Musik zu uns gekommen.

Wir hatten Besuch von Kevin, einem Rap-Sänger. Er ist noch schwärzer als ich. Mit ihm habe ich ein Konzert für die Kinder gegeben. Viele sind nur gekommen, um ihn zu sehen. Aber er hat auch eine tolle Stimme.

Ich freue mich auf meinen Geburtstag. Alle wünschen mir: La mulți ani – noch viele Jahre! Ich schneide mit dem Messer die Torte an.

Ich muss zum Zahnarzt, weil ich nur noch ein paar Stumpen habe. Früher haben sie mir die Zähne ohne Betäubung gerissen. Ich hatte Angst vor der Spritze und vor dem Reißen und habe geschrien. Die schöne Assistentin hat mir Mut gemacht. Ich musste den Mund weit aufmachen, und der Doktor gab mir eine Spritze. Und hat alle Zähne gezogen. Der Mund ist leer.

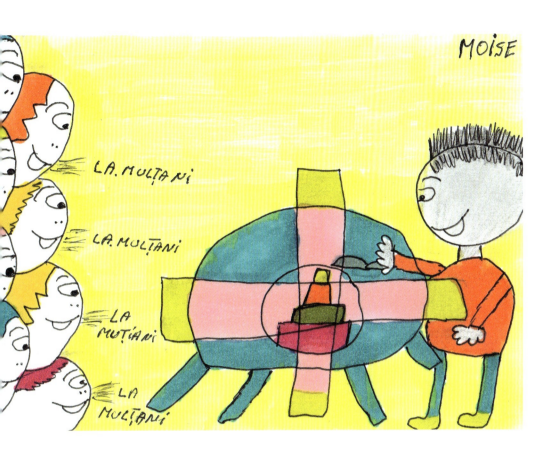

Toll, ich habe das Gebiss bekommen! Ich musste
es ein paarmal abschleifen lassen, bis es passte.
Das sieht super aus. Aber es tut noch alles weh.
Und essen kann ich nicht damit.

Ich bin dick geworden im letzten Jahr. Ich behaupte immer, dass ich Diät halte, aber ich esse alles, was da ist. Warum auch nicht, ich wäre ja blöd. Ruth stellt mich auf die Waage, oje, hundert Kilo. Ich habe nicht abgenommen.

König Moise mit Pater Georg, Ruth und einem Freund. Ich habe viele Raben um mich und wähle meine Freunde gut aus.

Ruth ist krank, sie hat Bauchschmerzen.
Ich besuche sie. Eine Katze liegt auf ihr,
und schon zeigt das Fieberthermometer,
dass Ruth bald wieder gesund ist.

Ich bin glücklich bei Pater Georg und Ruth.
Ihre Gesichter sind hell. Moise der Zigeuner
ist dunkel.

MOISE

Unsere Familie ist vereint. Sim gehört dazu.

Wir haben uns gestritten. Ich hatte die Wahl – Ausflug in die Stadt mit Kuttelsuppe oder sofort Zigaretten. Ich habe auf den Ausflug und die Freundschaft gepfiffen, nur wegen dem Rauchen. Jetzt sind Pater Georg und Ruth sauer und gehen mit den anderen weg, ohne mich. Ich erschrecke, wie blöd ich bin, in der Stadt hätte ich sicher auch Zigaretten bekommen. Als sie zurückkommen, herrscht immer noch dicke Luft. Ich bin verzweifelt. Ich gebe ihnen meinen Brief: „MIT. LIEBE. ICH HABE EUCH ALS GESCHENK MEIN HERZ GEGEBEN, EUCH, PATER UND RUTH. UND IHR WEIST MICH ZURÜCK. ES. TUT MIR LEID. ABER. ICH. LIEBE EUCH SEHR. MIT SEHNSUCHT MOISE." Gibt es eine Versöhnung?

Oft bin ich weggelaufen. Im Kinderheim und bei Concordia, einmal sogar bei Elijah. Weinend kam ich zurück. Ruth und Pater haben mich mit Freude aufgenommen

UNTERWEGS

Moise hat überall Freunde, die will er besuchen. Er glaubt an das Märchen vom jungen Mann, der in der Fremde reich wird. Robert, mit dem er im Kinderheim war, lebt jetzt in Österreich und ist erfolgreich. Also auf nach Wien! Dort traf Moise auf viele Schwestern und Brüder, die auf der Straße leben. Er bettelte selbst und fand Unterkunft im „Hotel Caritas", einmal auch im Gefängnis. Bald musste er zurück nach Rumänien.

Ein anderes Mal war er mit einer Jugendgruppe in der Türkei. Camping, Wandern, Wallfahrt, Basar, Meer … Moise fühlte sich reich wie ein Sultan. Im Kaffeehaus fand er neue Freunde.

Gemeinsam waren wir viel mit Moise unterwegs – Poiana Negustorului, Wien, Ephesus. Er macht jede Reise unvergesslich. Suchen wir nicht alle das Abenteuer und die Ferne?

Ich war in Wien. Freunde haben mich eingeladen. Wir haben viel getrunken. Auf der Fahrt in der Straßenbahn habe ich gesungen. Da haben mich die Leute rausgestoßen. Mir hat es einen Zahn ausgeschlagen. Eine Frau hat die Polizei gerufen. Sie waren nicht gut mit mir und haben mir blöde Fragen gestellt. Ich habe geantwortet, aber mit der Zahnlücke habe ich sie aus Versehen angespuckt. Dann haben sie mich auf das Revier genommen. Ich musste die ganze Nacht dortbleiben.

Robert war mit uns im Kinderhaus. Dann hat er studiert und ist nach Wien gegangen. Er arbeitet in einer großen Firma und ist Direktor geworden. Er glaubt, er hat die schönste Frau der Welt geheiratet. Sie haben zwei Buben. Robert hat schon immer gern Fußball gespielt, er war immer die Nummer 10. Er hat viele Fans. Noch ist der Ball bei ihm, jetzt wird er gleich ein Tor schießen.

In Wien kann man immer und überall einkaufen. Man nimmt am Parkplatz einen Einkaufswagen und geht zuerst in ein Café, dann ins Geschäft. Es gibt so viel, mir sind die Augen rausgefallen. Aber wenn man kein Geld hat, ist es schwer.

Im Sommer sind wir mit Pater Georg in die Türkei gefahren. Wir waren eine wilde Horde vom Bahnhof. Im Camping Dereli bei Pamucak haben wir in Schlafsäcken auf gelbem Sand geschlafen. Überall sind Palmen und Liegen aus Holz für die Gäste. Toll ist rechts das Restaurant. Ich habe mir aus der Küche immer eine Extraportion besorgt. Hier haben wir gut gegessen, getanzt und uns vergnügt.

Ich bin das erste Mal in meinem Leben geflogen.

PLECAREA IN TURCIA CU AVIONUC. DIN BUCUREȘTI

Camping Dereli. An der Rezeption sitze ich mit der Chefin Doris und warte, bis unsere Gruppe zurückkommt. Als es zum Wandern losging, habe ich mich versteckt. Sie serviert mir Kaffee und verwöhnt mich.

CEPING DERELIN
CU MOISE ȘI DORIS
LA O CAFEA LA
RECEPSIE

Oben im Wald ist der Wallfahrtsort Meryemana. Hier soll Maria gelebt haben. Wir waren die Einzigen, die zu Fuß hinaufgingen. Ich war müde und wollte nur eines: eine Zigarette. Aber im Wald ist Rauchen nicht erlaubt. Der Polizist hat mir das Verbotsschild gezeigt, aber ich deutete ihm, dass ich jetzt unbedingt rauchen muss. Er hat mir eine Zigarette gegeben und sie angezündet. Und sich selber hat er auch eine angesteckt. Wir haben fröhlich miteinander geraucht – im Rauchverbot.

Bei den Wanderungen haben wir im Freien geschlafen, in Schlafsäcken. Einmal haben wir uns in eine Wiese gelegt, wir waren sehr müde. Dann kam um Mitternacht der Wächter mit einem Traktor. Er hatte eine Waffe dabei und hat uns angeschrien. Er wollte unsere Pässe haben. Wir haben sie nicht hergegeben. Er hat uns auf die Polizeistation mitgenommen. Sie haben uns kontrolliert und im Dunkeln weitergeschickt. Wir sind ein Stück gegangen, haben uns dann hinter die Büsche gelegt und herrlich geschlafen bis zum Mittag.

Wir sind viel zu Fuß gegangen, mit schweren Rucksäcken. Dazu hatte ich oft keine Lust. Wenn ein Traktor kam, habe ich ihn angehalten, und er hat mich mitgenommen. Dann habe ich den anderen zugewinkt. Ich war gerettet und habe im Teehaus auf sie gewartet.

Wir stehen vor der Blauen Moschee in Istanbul. Wer weiß einen der 99 Namen Gottes aus dem Koran? Der Barmherzige, der Schützer, der Friede, der Freund, der reich macht ... Ich kenne viele, weil wir jeden Tag beim Morgengebet einen Namen vorstellen.

GIDUL NOSTRU IN
TURCIA CEL RĂTCIT
SI CĂUTAT ȘI NU GĂSIT
BOGDAN,

In der Herberge gab es einen Frühstücksraum mit Tischen und Stühlen und ein Buffet. Käse, Wurst, Oliven, Tomaten. Das Beste war die Erdnusscreme. Ich habe von allem genommen. Man durfte essen, so viel man wollte. Das habe ich natürlich ausgenützt. Ich war prall.

In einem Kaffeehaus genießen wir den türkischen Tee, und ich rauche Wasserpfeife mit Fruchtgeschmack.

Ich habe mir am Basar ein Sultansgewand gekauft und einen Palmwedel mitgenommen. Als türkischer Sultan fühle ich mich gut.

Wir haben alles erlebt, Nacht und Tag, Meer und Berge, Hitze und Regen, Wind und Schnee, Vögel und Fische.

ABSTÜRZEN
UND TRÄUMEN

Abstürzen, immer wieder abstürzen, das kennt Moise. Weil er frei sein will, opfert er alles und ist wieder auf der Straße. Freunde empfangen ihn, die Verzweifelten und Drogensüchtigen. Wirkliche Freunde? Das Geld, das er uns gestohlen hat, ist rasch aufgebraucht. Der Absturz ist brutal. Unsere Streetworker finden ihn am Bahnhof in Bukarest und kaufen ein Ticket für die Rückfahrt nach Sibiu. Die Freude über den wiedergefundenen verlorenen Sohn ist groß. Moise hat sogar noch einen Freund von der Straße mitgebracht. Er schläft sich aus, dann werden seine Träume wieder wach; noch größere Träume als bisher. Die Scheinwerfer richten sich auf ihn und seine Musikband. Er trinkt Rotwein mit einer schönen Sängerin. Er träumt von einer Familie mit einem schwarzhaarigen und einem blonden Kind. Natürlich mit Ruth, sie ist die „ţigancă alba", die Königin neben König Moise.

Irgendwann wird Moise seine Mama Argentina, und Lucia, die Mama von Ruth, im Himmel wiedersehen, bei Jesus. Im Paradies werden sie mit Pater Georg vereint sein.

SAMSTAG,
23.3.2024

Neun Monate waren ein Rekord. Noch nie war Moise so lange an einem Ort, sesshaft, in einer Gemeinschaft. Mit vielen Freunden hatten wir kurz zuvor drei Tage lang seinen 44. Geburtstag gefeiert. Dann begann wieder der Alltag, und wir diskutierten über seine Gesundheit. Er solle weniger rauchen, mehr Bewegung machen … Doch Moise lehnte strikt ab. „Nu!", sagte er bestimmt und damit war das Gespräch beendet. Am Freitag ließ er sich allerdings dazu überreden, mit dem Rad zu fahren.

Dann musste ich nach Wien abreisen. Weil er schon beim letzten Mal, als ich weg gewesen war, Probleme gemacht hatte, wollte ich ihn vorbereiten, damit die paar Tage störungsfrei verliefen. Wenn ich nicht da bin, nutzt Moise die Gelegenheit, um Mitarbeiter und Volontärinnen zu ärgern und zu schrecken, Konflikte zu provozieren. Er testet aus, wie weit seine Macht geht, und er genießt es, wenn große Aufregung um ihn herrscht. Dann droht er, wieder auf die Straße zu gehen, liebt es, dass alle um sein Hierbleiben kämpfen – und vor allem, dass ich mir in der Ferne Sorgen um ihn mache und hilflos bin.

So setzte ich mich also vor meiner Abreise mit ihm zusammen, wir tranken ein Bier, und in dieser guten Stimmung versprach er mir, dieses Mal keine „Figuren" zu machen, sondern die Gemeinschaft zu unterstützen und täglich zwei Bilder zu malen. Zuversichtlich machte ich mich auf den Weg. Kaum in Wien angekommen, läutete das Telefon. Moise rief mich per WhatsApp an, also mit Kamera; diese richtete er auf sein Bett. Darauf lagen etliche Taschen und Plastiksäcke, sein gesamter Besitz. Gekommen war er mit nichts, jetzt hatte er einige Schätze gesammelt. „Eu plec" – ich gehe. Ich fragte, ob etwas passiert sei. Seine Antwort war: „Eu plec."

So mussten wir eben versuchen zu retten, was zu retten war. Falls er jemals wieder zurückkam, dann wie immer: ohne ein Gepäckstück, in schmutziger, stinkender Kleidung, mit ungepflegten Haaren, Bart und ohne Gebiss, das wir ihm mühsam und teuer beschafft hatten. Alles würde er auf dem Weg und auf der Straße verlieren, wegwerfen, verkaufen. Und was wertvoll war, würde ihm gestohlen werden.

So nahm unsere Mitarbeiterin Cornelia aus seinem Gepäck die wertvollen Dinge, die er bei uns bekommen hatte, um sie für ihn aufzubewahren. Und Moise stellte sich draußen an die Straße, um per Autostopp nach Sibiu zu fahren. Als die Kinder im Sozialzentrum ihn dort stehen sahen, sprangen alle hinaus und umringten ihn, der sich widerwillig umarmen ließ und Abschiedsküsse ertragen musste. Und als endlich ein Auto anhielt, um ihn mitzunehmen, winkten sie ihm nach, bis das Auto entschwunden war.

Moise weiß, wie er mich quälen kann, auch wenn er selbst dabei zugrunde geht. Er wird mir fehlen am Morgen in der Kapelle, wo er mir oft mit einer Überraschung oder einem Witz auflauert. Ich werde vieles vermissen. Seine Predigt, nachdem er aufmerksam dem Evangelium zugehört hat – immer hatte er ein gutes Wort für jeden. Seine inständigen und einfühlsamen Gebete. Seine Bilder, die er mit Liebe und Phantasie gemalt hat. Seine Freundschaft zu den Kindern im Sozialzentrum. Seine Liebe zu Gott. Die Abende mit ihm, mit Erinnerungen und Plänen für die Zukunft. Die Ausflüge zum „Schweinemarkt" in der Stadt, wo Zigeuner alles verkaufen, was man sich vorstellen kann. Was ich nicht vermissen werde, ist sein Husten, an dem er manchmal fast erstickt, wobei er sich nicht eingestehen mag, dass das die Folge des exzessiven Rauchens ist. Nicht vermissen werde ich, zusehen zu müssen, wie er sich zugrunde richtet durch maßloses Essen.

Und jetzt kommt noch das harte Leben auf der Straße dazu. Ob er es aushalten wird? „Recht geschieht ihr, wenn ich betrunken am Bahnhof in Bukarest am Boden liege" mag er sich denken. So hat er es früher oft gesagt. Es stimmt, Moise quält mich damit. Aber sich selbst noch viel mehr, das ist die Tragik seines Lebens. Moise, mein Freund – und Moise, ein Elend.

GRÜNDONNERSTAG, 28.3.2024

Die Tage vergingen, ich hörte nichts von Moise. Dann rief ich Fabian an, der als Streetworker in Bukarest am Bahnhof arbeitet. Einige Tage später, am Gründonnerstag, berichtete er mir, dass er Moise entdeckt habe. An der Rolltreppe zur Metrostation habe er geschlafen, völlig betrunken. Mittags schleppte er sich zur ELIJAH-Kantine. Fabian schickte mir ein Foto: Da saß Moise mit den anderen Obdachlosen am Tisch, dick aufgequollen, abwesender Blick, mit vielen Pullovern und Jacken bekleidet, die er mitgenommen hatte. Fabian hatte ihn gefragt, warum er von uns weggefahren sei. „Ich will frei sein", lautete die gelallte Antwort.

Etwas später schrieb ich eine Nachricht an Moise: „Lieber Moise, können wir über eine Zusammenarbeit für die Zukunft reden? Ich wünsche mir, dass du auch jetzt jeden Tag eine Zeichnung machst. Am Bahnhof oder in unserem Sozialzentrum Casa Luisa. Für jedes Bild bekommst du fünfzig Lei von mir.

Ich hatte Geld in der Tasche, das wollte ich aushauen. Ich wollte frei sein. Ich habe meine Sachen gepackt und bin mit dem Zug nach Bukarest gefahren.

Mein bester Freund ist Nepotul, ich nenne ihn „Cousin", obwohl wir nicht verwandt sind. Er hat reiche Eltern, aber er lebt lieber auf der Straße. Mit Drogen, darum ist er klein und hat ein gelbes Gesicht. Er begrüßt mich, nach langer Zeit sehen wir uns wieder!

Mit Remus habe ich mich gut verstanden. Wir hatten sogar Matten zum Schlafen, da war es nicht so kalt von unten. Remus hat einen vollen Bart und lange wilde Haare mit vielen Läusen. Ihm macht das nichts aus. Ich mag keine Tiere am Kopf, darum schlafen wir nicht zu nahe aneinander.

Und wann fahren wir zu deiner Familie? Das hatten wir jetzt für April geplant. Nächste Woche. Mit dir oder ohne? Wie heißt das Dorf von Argentina, deiner und unserer Mama? Ich liebe dich. Ruth."

Moise rief sofort an. Wir redeten, als wäre nichts gewesen. Er erzählte, wer gerade bei ihm war, sein „Neffe", der immer unter Drogen ist. Auch Moise war nicht ganz nüchtern. Ich fragte ihn, ob er Ostern mit uns feiern wolle. Am Sonntag sei Auferstehungsfeier in Marpod. Ja, er wolle kommen – aber er habe kein Geld für das Zugticket. Ich sagte, er solle zu Fabian gehen. Der kaufe ihm das Ticket.

KARFREITAG, 29.3.2024

Am nächsten Tag erfuhr ich, Moise wolle kommen, und er wolle Costel mitbringen, Costel, der seit Jahren, wenn ich ihn sehe, entweder unter Drogen steht oder betrunken ist oder beides. Also keiner, der Moise aufbauen könnte.

Ich bat Fabian, für beide ein Ticket zu kaufen und sie in den Zug zu setzen. Würde man ihnen das Geld oder das Ticket in die Hand geben, wäre die Versuchung, sich damit noch ein Abschiedsbier zu gönnen, einfach zu groß.

KARSAMSTAG,
30.3.2024

Fabian berichtete, dass er Moise und Costel zum Zug gebracht habe. Cornelia werde die beiden in Sibiu abholen. Ein Foto kam von Moise im Zug: mit Zigarette (Rauchen ist in den Waggons verboten); offenbar konnte er sich kaum aufrecht halten.

Cornelia telefonierte mit Moise und berichtete, er sei „mort de beat" – stockbetrunken. Bis er in Sibiu ankommt, wird er schon wieder ein wenig nüchtern werden, hoffte ich.

Stunden später schickte Cornelia ein Bild von der Ankunft der beiden in Sibiu. Costel mit Sonnenbrille und vielen Taschen, Moise gezeichnet von den letzten Tagen.

In Marpod ging Moise direkt in sein Zimmer, um zu duschen und sich sauber anzuziehen. In seinem Zustand wollte er auf keinen Fall jemandem begegnen, es war ihm zu peinlich. Auch Costel machte sich sauber und rasierte seinen ungepflegten Bart. Dann kamen sie aus dem Zimmer. Moise verlangte gleich nach seinen Sachen, die Cornelia sichergestellt hatte, und nach Zigaretten. Doch an diesem Tag gab es nichts mehr. Und Liviu, ein Mitarbeiter, musste zur Sicherheit im Haus übernachten, falls die beiden verrücktspielten. Die Volontärinnen wären überfordert gewesen.

Ich laufe weg und fahre mit dem Zug. Am Ende bin ich wieder am Nordbahnhof in Bukarest. Die Polizei hat die Kanaldeckel zugeschweißt. Fabian hat mich auf der Rolltreppe gefunden, mit Aurolack und Zigaretten. Ich habe ihn zuerst nicht erkannt.

Mein Freund Costel hat ein Baby. Es lebt bei seiner Freundin. Einmal kam sie zum Bahnhof, er sollte auf das Baby aufpassen. Aber sie hat ihn nicht gefunden. Dann hat sie es bei mir gelassen. Ich habe ihm zu essen gegeben und irgendwie eine Windel herumgewickelt. Ich war unten an der Metro-Station, wo es warm ist. Dort haben wir geschlafen. Am nächsten Tag hat sie es geholt.

OSTERSONNTAG,
31.3.2024

Als wir in Marpod ankamen, saßen Moise und Costel auf der Terrasse vor ihrem Zimmer und begrüßten uns herzlich. Moise, als wäre er nie weg, Costel, als wäre er schon immer da gewesen. Doch mich interessierte sehr, warum Moise so plötzlich abgehauen war. Das stellte sich rasch heraus: Er hatte von einer Dame, die zum Geburtstagsfest gekommen war, Geld bekommen, ob erbettelt oder zum Abschluss noch zugesteckt, war nicht klar. Fünfzig Euro, vielleicht auch mehr. Das Geld hatte ihm in der Hosentasche gebrannt, bis alles versoffen war. Als das Geld weg war, blieb die nüchterne Unerträglichkeit des Lebens am Bahnhof. Deshalb kam er gerne wieder zurück in sein warmes Nest in Marpod.

Es war Ostersonntag – Auferstehung, auch für Moise. Und für uns alle, denn wir freuten uns sehr, dass der verlorene Sohn wieder zurückgekehrt war.

Von Costel war ich überrascht. Ich hatte befürchtet, dass wir mit ihm hier Alkohol- und Drogenskandale haben würden, dass Moise ihn in seinen schlechten Gewohnheiten bestärken oder sogar weiter hinunterziehen würde. Doch Costel erzählte, dass er seit zwei Wochen nichts mehr trinke, weil es ihm zu viel geworden sei. Er sang Lieder, zeigte keine Scheu, war sofort mit allen befreundet. In der Ostermesse feierten wir unsere wunderbare Gemeinschaft. Und ich war Moise sehr dankbar, dass nicht nur er zurückgekommen war, sondern auch einen guten Freund für unsere Gemeinschaft mitgebracht hatte. Wieder einmal: Moise rettet andere. Sich selbst vielleicht nicht.

OSTERMONTAG,
1.4.2024

Nach dem Morgengebet saßen wir lange am Frühstückstisch, weil Costel von seinem Leben erzählte, von seiner Kindheit, seiner Familie, dem Leben auf der Straße. Zwei Jahre zuvor hatte sein Vater seine Mutter erstochen. Er war immer viel zu eifersüchtig, sagt Costel. Betrunken kam er jede Nacht nach Hause. Die Mutter hatte es nicht mehr ausgehalten, jede Nacht geprügelt zu werden, und war zur Tochter geflüchtet. Eines Morgens sagte die Mutter zu Costel, sie ahne, dass sie heute sterben werde. Er lachte bloß. Am Abend kam der Vater – wie immer betrunken – zur Mutter. Fünfzehn Messerstiche versetzte er ihr, bis sie elend starb. Dann wollte der Vater sich selbst umbringen, es gelang ihm nicht und so ging er zur Polizei. Er wurde zu sechzehn Jahren Gefängnis verurteilt.

Wir baten Costel, seine Lebensgeschichte aufzuschreiben. So sitzen jetzt Moise und Costel in der Kunstwerkstatt – der eine zeichnet, der andere schreibt.

Auferstehung. Ostermontag.
Mir brennt das Herz, vor Freude.

Ruth Zenkert

Ein Traum von mir: Ruth und ich fahren mit unseren Booten hinaus. Wir fahren auf eine einsame Insel. Die Sonne geht auf, Ruth beobachtet mich mit dem Fernrohr. Ich winke ihr zu.

Unsere Hausband macht Musik. Beatbox an den Trommeln, ich am Schlagzeug, Ruth spielt Saxophon, der Rocker Pater spielt Gitarre, und Denisa singt. Alle Scheinwerfer beleuchten uns.

Ich sitze an der Bar und trinke ein Glas Rotwein. Eine schöne Sängerin mit hohen Absätzen an den Schuhen singt für mich. Ihre Stimme ist wunderbar, der Wein schmeckt. Ich bin glücklich.

Meine Mama Argentina und Lucia, die Mama von
Ruth, sind neben Jesus, in einem strahlenden Licht.

Meister Moise spielt am Schlagzeug! Ich begleite
eine Freundin, die eine gute Sängerin ist.
Wir geben viele Konzerte. Das ist mein Traum.

Gott empfängt mich im Himmel mit Strahlen und Wärme. „Kind, du kommst zu mir in den Himmel."

Țiganca Alba – Ruth ist die weiße Zigeunerin. Ich bringe sie zu den Kindern, sie jubeln ihr zu, sie gehört zu uns, auch wenn sie nicht schwarz ist. Unter den dunklen Kindern ist auch der weiße Pater, er riecht an der Rose von Ruth.

Mein Traum ist die Familie des Moise. Pater und Ruth sind die Trauzeugen. Meine Frau wird Mihaela heißen und ist blond. Wir bekommen ein schwarzes und ein blondes Kind. Rumänen und Zigeuner sind zusammen in einem Haus aus Stein mit elektrischem Licht.

Wir werden uns alle einmal im Paradies wiedersehen. Ich erwarte dort Pater und Ruth. Es wird hell und warm sein, mit Blumen. Das größte Glück ist, dass wir wieder zusammen sind.

ELIJAH
UND MOISE

Als ich Moise vor dreißig Jahren zum ersten Mal begegnete, hauste er in einem Kanal. Er fiel auf in der Horde von Straßenkindern, die mich damals am Bahnhof in Bukarest bettelnd bestürmten. Moise machte sich zum Sprecher der zerlumpten Gestalten. Wir beiden schlossen einen Pakt, das schützte mich vor Angriffen der Verzweifelten.

Mehrmals nahmen wir Moise in ein Haus auf, doch es zog ihn immer wieder auf die Straße. Dort war er über zwei Jahrzehnte „unser Mann", der alle Tragik rund um den Bahnhof kannte und uns mit Aufträgen versorgte. Und kaum hatten wir in Siebenbürgen die neue Gemeinschaft ELIJAH gegründet, stand auch er wieder vor der Türe. Schnell hatte er überall Freunde, doch bald war er wieder nach Bukarest in sein altes Leben entschwunden. Verdreckt und zerlumpt kam er wieder, um diesmal länger zu bleiben. Er fand einen Tisch in unserer Töpferei und malte. Stundenlang, hochkonzentriert saß er da und gab mit Farben wieder, was er erlebt hatte – die Kinder im Kanal, den Bahnhof, die Freunde und Freundinnen.

Moise, das Straßenkind, der Bandenführer, der Lebensretter ist zum Künstler geworden. Er, der nirgends hineinpasst, beschenkt uns mit wunderbaren Werken.

P. Georg Sporschill SJ

Unter den Straßenkindern ragte Moise immer schon heraus. Manchmal fanden wir ihn bewusstlos im Park liegen, weil er Drogen genommen hatte. Doch wenn es etwas zu essen gab oder neue Abenteuer lockten, war er schnell wieder wach.

Auf der „Farm für Kinder" wollte Moise Schlosser werden. Und sofort die Werkstatt leiten. Nicht lange.

Moise kam mit Tuberkulose ins Krankenhaus. Mit Jonglieren und Späßen eroberte er auch hier die Herzen der Kinder.

Ein Mensch, der sich für andere stark macht, trotz der eigenen Not. Moise brachte den dreijährigen Razvan zu uns: „Den müsst ihr nehmen!" Er selbst blieb auf der Straße.

Wieder auf der Straße. Dort war Moise unser Verbindungsmann. Er führte uns in die Kanäle, wo Kinder hausten, und brachte ihre Wunschlisten.

Pater Georg eröffnete 1992 das erste
Sozialzentrum im Bahnhofsgelände.
Ein Grund zur Freude für die große Horde
der Straßenkinder.

Moise ahmte Pater Georg nach und hielt unten im Kanal Gottesdienste. Alle Kinder machten mit und sangen: Wir sind eine vereinte Familie.

Dann gab es etwas zu essen: Wurst, Brot und Milch aus dem Geschäft über der Straße.

Ein neuer Beginn in Siebenbürgen bei den Roma-Kindern. Moise kam Ruth zu Hilfe, als ihre Finger vom Trommeln bluteten. So ist die Musikschule entstanden.

Jeden Tag ein Brief an Ruth aus dem Gefängnis.
Dafür lernte Moise schreiben, Hunderte Briefe.
So überlebte er drei schwere Jahre.

Wieder Jahre auf der Straße. Dann kam Moise nach Marpod ins Haus „Le Chaim". Für normale Arbeit war er sich zu gut. Ruth machte ihn zum Künstler: Er bekam Farben und lieferte jeden Tag zwei Zeichnungen für das große Buch seines Lebens. Zwischendrin stürzte er ab, er hatte ein bisschen Geld, das ihn zum Bahnhof zog. Als wir ihn zurückholten, stieg er betrunken in den Zug. In Siegespose.

Eine Wunde brach auf beim Besuch im Dorf, wo Moises Eltern lebten. Er zeigte uns das Haus und den Nussbaum, an dem sein Vater sich erhängt hatte, nachdem er die Mutter seiner Kinder ermordet hatte.

**MOISE
MEIN FREUND
7**

**FÜR MOISE
TUT SICH
EIN TOR AUF
13**

**DIE KINDER
DES CEAUȘESCU-
REGIMES
53**

**DER RABE
WIRD ZUM
LEBENSRETTER
93**

**UNTERWEGS
125**

**ABSTÜRZEN
UND TRÄUMEN
137**

**MOISE
UND ELIJAH
157**

MOISE MEIN FREUND

Herausgeber: Alfred Fogarassy, Fogarassy Privatstiftung

Zeichnungen: Florin Moise

Konzept, Redaktion: Nora Schoeller

Texte: Florin Moise, Ruth Zenkert, Pater Georg Sporschill SJ, Erzbischof em. Ioan Robu

Fotos: Nora Schoeller, Archiv ELIJAH

Lektorat: Brigitte Hilzensauer

Gestaltung: Bueronardin

Lithografie: Mario Rott

Druck und Produktion: Holzhausen / Gerin Druck GmbH, Wolkersdorf

Erschienen im
VfmK Verlag für moderne Kunst GmbH
Schwedenplatz 2/24, 1010 Wien
hello@vfmk.org, www.vfmk.org

© 2024, ELIJAH, Ruth Zenkert und Fogarassy Privatstiftung – alle Rechte vorbehalten.

Vertrieb: LKG, www.lkg-va.de

Gedruckt in Österreich.

ISBN 978-3-99153-119-7

Bibliografische Information der Deutschen Nationalbibliothek: Die Deutsche Nationalbibliothek verzeichnet diese Publikation in der Deutschen Nationalbibliografie; detaillierte bibliografische Daten sind im Internet über dnb.de abrufbar.